文芸社セレクション

天使の誓い／桜のお守り

鞠野　まゆ

MARINO Mayu

文芸社

目次

天使の誓い

一・夢

昼過ぎの日差しが入る窓の近く、リビングの片隅で少しうとうとしていた。白昼夢だろうか。あたりを見回すとどこかの駅の近くに立っていた。目の前には横断歩道がある。横断歩道の向かい側には、若い二人が立っている。友達同士のようだ。なぜかその一人が強烈に印象に残った。

昔の友達に似ている。こんなにも強烈な印象を他人に持ったことは今までに一度もなかった。うろたえる自分を諭すかのように、懐かしさのせいだ、と言い聞かせた。

その日の夜、とてもリアリティのある夢を見た。かつて若いころは、夢も割と見る方だったが、最近はほとんど見なくなっていた。

本当は現実ではないかと疑ってしまうほどの不思議な感覚。夢の舞台はよくあるカフェだった。落ち着きのあるクリーム色と木目調のインテリア。観葉植物がいくつか置いてあり、最近のデザインの華美すぎないシャンデリア。洗練された中に、ほのかな高級感を備えている。

とても居心地のいい雰囲気にひたっていると、奥のソファがある席に誰か二人が佇んでいる。引き寄せられるように近づいていった。

今日の昼過ぎに見た夢に出てきた二人だった。二人は、こちらに気が付き、自分たちが座った向かい側に座るよう促してきた。優しい笑顔で話しかけてくる。まだ20代前半くらい？　あどけなさの残る笑顔で。

「寒い？　ひざ掛けはあるよ。」おもむろに手渡してきた。1週間前までは暑かったのに今日は秋の陽気だ。9月の半ば。

「ありがとうございます。」と、受け取り膝にかける。薄い茶色のチェックのひざ掛け。ここにいる理由も分からないのに、私は妙に落ち着いている。

突如、昔の女友達に似ている方の彼が、聞いてきた。

「見える？　昔の俺たち？」

あまりの馴れ馴れしさと、突拍子もない質問にどう答えていいか困惑したが、自分の意識を、そして記憶を探ることに集中してみる。これが正解かなんて分からない。

何かが見える。多分、ヨーロッパ。中世？　パーティーなのか大勢の人がいる。その中に昔の女友達に似た彼もいた。お互いの距離は近くなかったが、中世のその子に会釈をする。向こうは一瞬だけ驚いた様子だったが、笑顔で返してくれた。仲は悪くなさそうだ。

「中世のヨーロッパにいるような映像が見えました。」

「敬語じゃなくていいよ。でも、見えるよね。ちょっと確認したかったんだ。良かった、勘違いじゃなくて。あ、でもこれだけのために来てもらって悪かった。ごめんね。大丈夫?」

答えの意外性に少し驚きつつも、

「うん、大丈夫。」と答えていた。忘れたくても忘れられないとても鮮明な夢だった。

一週間後、眠ると前回と同じカフェにいた。前回来たときより、心なしか少し薄暗いような気がする。窓の外を見ると、今にも雨が降り出しそうなくらい厚い雲がかかっていた。奥のソファのところに前回と同じ二人。近づいていくと、

「また見えるんだよね。見てくれない?」

しばらくすると、人々が言い争いを始め、数人が殴り合いをも始めると怒号が飛び交い、身の危険すら感じる喧騒。それは、二分された勢力同士のいさかいの光景。

見えることがそんなに気になるのかと多少苛立ちながら、意識を更に集中してみる。前に見た中世? ヨーロッパの舞台だ。その場に居ることさえ憚られるほどの騒々しさに胸騒ぎがした。

そのいさかいで、私と彼は対立していた。彼の勢力の方が圧倒的に少数で形勢的にも不利だった。人々は口々に、既に話し合いで解決したことだとか、今更正当な理由もなく反対するとは何事だなどと、彼に詰め寄り、非難し嘲笑い、水をかける者さえいた。

「対立のこと?」と、聞いた。

「うん、そうだね。もっと先まで見えたら分かると思うけど、あなたと俺は、何度も夫婦

だった。でも、あるときから一切の関わりがなくなった。対立が見えたとしたら、そのきっかけは、それだったかもしれないな。その一切の関わりがなくなったことで何かとても大変なことになっている気がする。ただの俺の勘違いだといいのだけれど。」

「私にはよく分からないけど、大変なことってどんな？」と尋ねた。

　すると、今まで黙っていた彼の友人が、彼を指さしながら答えた。

「この人の感情が世界を悪くしているようなこと。変なことを聞くようだけど、この人を、前に見たことがあるとか思わなかった？」


　今の映像からふと思い出したのは、私が中学生のころ、英語の授業が分からない、成績を上げるにはどうしたらいいか真剣に母親に相談したら、需里亜は大丈夫、中世ヨーロッパにいる夢を見たからと言われて愕然としたことは覚えている。ほかには、昔の友人にあまりにも似ているなと思った、でもそれだけだ、取り立てて言うほどのことでもない。

「特になかったけど。」

「そうだよね。分かった。ありがとう。」ほんの一瞬悲しげな表情をうかべ彼は言った。

　次の日から毎日のように夢を見た。ただ、以前の夢と違っていたことは、カフェでもなかったし、二人も出てこなかった。

　夢では私は天使だった。人間界に生まれているが、中身は天使。

そして中世イタリアのようなところで、私には夫がいた。とても仲のいい夫婦だった。フランスで生まれたときには、近所に幼馴染がいた。互いによく知っていたしとてもお互いに好きだったので、二人は自然と夫婦となった。その人は、とても優しく、私をとても大事にしてくれていた。インドでも幸せに暮らしている自分が見えた。三人とも彼や彼の友人ではない知らない人だった。

次の日の夢は、前日の夢で私と夫婦だった三人のその後だった。中世イタリアで私と夫婦だった人が、若くして突然亡くなった。フランスで私を大事にしてくれた人も、若くして倒れ、手当ても出来ないままに突然亡くなってしまった。インドで夫婦だった人も、突然倒れてそのまま帰らぬ人となった。


次の日の夢には、彼と彼の友人が出てきた。暗い雰囲気を纏った彼が言った。

「俺が殺してしまったのかもしれない。」

何やら書類を革紐で綴じたようなものを持っている。

「これが、いつだったか…、カフェに一緒にいた友人が、骨董品を売っている露店の前を通りかかった時に、一度は前を通り過ぎたのに店主が追いかけてきて、強く呼び止められ、見て行かないかと誘われた上、熱心に売り込んでくるし、なぜか無性に気になり買ってきてしまったものらしい。

最初は、俺もあいつも何なのか全く分からなかったけど、あいつが部屋に忘れて置いていったのをパラパラとめくっていたら、突然意識が飛ばされる感じにおそわれて、気が付いたら、白昼夢っていうのかな……懐かしい感じがする駅の近くの横断歩道にあいつと立っていた。向かい側で信号待ちをしているあなたを見つけて、とても見覚えがある気がして、それからはあなたのことが頭から離れなくなっていた。

そのあと、また部屋でこれを見ていたら、夫婦についての記録のようなものだと気が付いた。

紙に書かれた二人のうち一人は必ず名前にJuliaという文字が入っている。Juliaの文字が名前に入っていない方には×印が付いていて、この×の書き方が、心なしか自分が書く×に似ている。普通の人は、真ん中に交差するように×を書くと思うけれど、交差が上の方にあって、両方の線の長さがほぼ狂いなく一緒。しかも、左に少し傾いた×。いつどこで書いてもそうなる。すべての紙の裏に書いてあるいたずら書きっぽいイニシャルも同じで、この文字も自分が書く文字にとてもよく似ている。

それに俺は、あなたが中世イタリアで、フランスであなたと結婚していた人、インドでも、ドイツでも、南米でもあなたと結婚していた人が若くして亡くなっているのが見えてしまった。もしかして、あなたの名前はじゅりあさん？」

「うん。私はじゅりあ。」と答えながら、

書類の束を覗いてみたが、書いてある文字を読む気にまではならなかった。×の書き方にバリエーションはそんなにないし、アルファベットの文字だって似たように書く人は少なくないだろう。考えすぎだ。

次の日、彼の友人のみが夢に出てきた。

「助けてほしい。友達が大変なんだ。近頃、あいつの雰囲気がすごく恐ろしい。負のオーラが出ているというか、とにかく尋常じゃないといってもいいくらい怖い。時々、目が異様にギラついていたり、理由もなくイラついていたり、近くにいることが恐怖でしかないんだ。変と思うかもしれないけど、一昨日夢にも見た。半分怪物化をしていたと思う。一緒に理由を探ってほしい。もうあいつに直接聞けないくらいになっているから。」と言いにくそうに言ってきた。

自分が置かれている立場と状況は何一つ分からないが、もう乗りかかった舟だ、今更引けるとも思えない。

「当然いいよ。」と努めて快く答えた。誰に教えられた訳でもないが、意識を集中してみる。

確かに、半分ほど怪物化した彼が見えた。椅子に座り、暖炉の火を見ている。いかにもといったシチュエーションだ。ファンタジーアニメの見すぎかもしれないと思いつつも、彼の周りの様子も観察をする。

彼が私たちに気が付き、悲しさと寂しさ、憂いや怒りを含んだ複雑な眼差しを私たちに向けている。

ふと横を見ると、彼の友人は女性の姿になっていた。とても簡単な作りのワンピース風のドレスを着ている。彼は、私の横にいる彼の友人に向かって不安そうに言った。

「お前は、俺とは違って、この家で居場所がある。ずっと、この家で生まれ育ってきたのだから。なのに家の人は、お前がこの家を出て行くと話していた。妹として可愛がっていたのに、なぜ、出て行きたい俺より先に出て行くのだ。俺を見捨てるのか？」

女性の姿になった彼の友人は、古めかしいスーツケースと誰かからの手紙を持っていた。

「ごめんなさい。言ったら心配すると思って、誰もお兄ちゃんの耳にまだ入れないつもりだった。

ロンドンの叔父様がちょっとした病気をされたらしくて、でもお医者様はすぐに治るとおっしゃっていて、私は叔母様のお手伝いも兼ねてお見舞いに行くつもりなの。

お兄ちゃんにはまだみんな黙っておくことにしたけど、聞かれたら言うつもりだった。

一人だけ聞かされていないのを不安に思うのは当然だし、跡取りだということで、みんな過剰にお兄ちゃんに気を遣っていてごめんなさい。お父様、お母様もお兄ちゃんにはいつも厳しすぎると思うけど、どんなに長くても1か月の予定だから。」

「そういうことか。永遠に出て行くのではないのか……。良かった。」

徐々に少しずつではあるが、彼の怪物化が解けていった。前世での悲しさや寂しさの記憶が断片的に蘇り、ガラスの破片が刺さるかのように彼を苦しめているのを感じた。

「怪物化も解けたみたいだし、差し当たりはこれで大丈夫そうだね、本当にありがとう。」と、彼の友人はそういって微笑んだ。

その後、彼の友人とは、友達として打ち解けることが出来るようになった。

次の日、夢に彼が出てきた。周りを森で囲まれた丘。上空は、雲で厚く覆われ鬱蒼としている。私たちが立っている丘の頂上付近はそんなに広くない。テニスコートの半面くらいだ。

「前回、あなたと結婚した人を俺は、強い想いで殺してしまったかもしれないと言ったけど、現実に今もそんなことが起きているんじゃないかと不安になる。」と彼が切り出した。

「私は結婚していないから大丈夫だよ。」と、彼の不安を打ち消すよう明るく答えた。それに、私はもう38歳。突拍子もないことを言われても、対処出来る冷静さを十分に持ち合わせている。

「このあいだ、結婚していなくても前世のあなたとお付き合いしていたり、前世のあなたに好意を寄せていたりしている人に危害を加えている夢を見たんだ。だから、あなたが結婚していなくても被害を受けた人がいるかもしれない。俺は、今20歳なんだけど、生まれ変わった時にどうしてもあなたと一緒になりたいと強く願ったと思うんだ。今まで、恋愛が全く上手くいかなかったり、急に周りの人が離れていったりとかはなかった？」

思い返せば、恋愛は確かにほとんど上手くいかなかったけれど、その理由は明確だ。私自身、恋愛が億劫で自分に自信がなかった。恋愛と自分は無縁だと思うことにして傷付かないようにしていた。

ただ、思い当たることもあった。16歳の時、自殺をしそうになったことがあった。昔から、おとなしく人見知りな性格で人とすぐに馴染めないせいか、いじめや嫌がらせを受けることがあった。

ある日、高校に入って初めて出来た友達とちょっとした誤解があって、その結果いじめの対象となった。期待を持って入った高校の1年目ということもあり思い詰めてしまった。あの日、一人で私が家にいるところ、両親がいいタイミングで帰ってきてくれなかったら、完全に死んでいただろう。もし、彼が今の私の人生を終わりにさせて自分と近いところで生まれ変わろうとしていたのだったら——。でも、我に返って否定した。理由は何にしろ、私は今生きている。

徐々に記憶が蘇ってきた。友達との誤解は恋愛がらみだった。友達の好きだった人と私が付き合っているといううわさが学年中に広まった。友達が好きだった人とは一言も話をしたこともなかったのに。

友達に誤解だと伝えようとしたけれど、すべて拒否された。本当に仲のいい友達だったのに。

これから卒業まで、全く身に覚えのないうわさのせいでずっとこんな想いで過ごすのか、そう考えると人生に嫌気がさしてきた。気が付くと、キッチンでナイフを握っていた。振りかざそうとしたちょうどその時に、両親が帰ってきた。あの時、あのタイミングで、帰ってきていなかったら私は確実に――。そのくらい、強い強い意志があった。

ほかにも過去の恋愛を思い返せば、恋愛に発展しそうな人がいても何らかの誤解などで離れていった。最後に酷い言葉をかけられさよならをしたこともある。どんどん恋愛と距離をとるようになった。傷付いていることが慢性的な状態が続いていた。

1年前に出会い、人見知りの私が、珍しく互いの話をするまでになった人がいたが、仕事が急に忙しくなりいつの間にか音信不通になってしまっていた。

間違いかもしれないけど、もし彼が言っていることが本当ならば、絶対に許せない。あまりに身勝手すぎる。人の人生を何だと思っているのだ。絶対に許してはいけない。「もし、その話が本当だとしたら、とても残酷で許されないと思う。もし、本当に本当のことだとしたら、そんなことは今すぐにやめてほしい。人を理不尽に不幸にするだけだし、辛い人生なんて誰も望んでない。」と、心からの叫びだった。これまでの人生のすべてをかけた叫びだった。二度とこの人とは会いたくない、会ってはいけない、そこまで思った。

朝起きても夢の後味の悪さは消えずずっしりと重くのしかかるように残っていた。

二．運命

次の日も夢を見た。彼がいる。今は、強い嫌悪感しかない彼だ。昨日の夢と同じところにいる。あの鬱蒼とした丘の上。

彼は両膝をついてうなだれている。

「本当に申し訳ないと思っている。だけど、このままでは犠牲者が増え続けるだけで、全く何も解決しない。身勝手なのは十分分かっているけれど、あなたも生まれ変わっても俺とずっと一緒にいると誓ってほしい。

色々と手を尽くして調べてはみたけれど、ほかに方法がなくてどうしようもないんだ。」と言葉を無理やりに絞り出すかのように言った。

どう考えても、勝手な言い分だ。しかも、突然――。

怒りは収まらないものの、彼のあまりのうなだれように少しかわいそうに思えてきた。自分の甘さ、お人よしさに呆れる。

彼は、私の好みをタイプをすべて備えている。表情もしぐさもすることすべてが完璧だ。話し方も、顔も――。彼の全部が私を安心させ、虜にする。昔の私の友達に似てるのも偶然だろうか――。悔しいが、私の理性が吹き飛んでいきそうだ。

ふと我に返ったものの、聞こえていなかった訳でもなかったが、茫然と黙って佇むことしか出来なかった。様々な感情が交錯する。

彼が、突然、

「急にこんなこと言い出して、本当にごめん。でも、あれを見て。」

彼が指さす方を見ると、石碑のような石柱がある。高さは私の胸より少し低いくらいで、上部が斜めになっている。そこに文字が彫られている。

『想いを寄せるJuliaと生まれ変わってもずっとずっと一緒にいる。永遠に恋愛・結婚を繰り返す。他の誰にも渡さない。それを成就させるためには、どんなことでもする』と彫られていた。

「どうしてこんなことを……。」勇気を振り絞り、きつい口調で問い詰めた。

「俺が彫ったんじゃない。見つけたんだ。」彼は答えた。

「じゃあ、あなたがしたことじゃないかもしれないんじゃないかな？」

少しでも疑い彼を責めた自分が恥ずかしい。そこで夢は終わってしまった。

次の日、眠ると彼の友人が出てきた。そして、唐突に切り出した。

「気が付いている？　あなた自身、天使だってこと。それに、意外とすごい天使なんだよ。他の人が弱音を吐いて乗り越えることが出来ないような多くの困難を乗り越えてきたんだ。何よりも、あなた自身、心に穢れがないから。とにかく、すごい天使なんだよ。なのに、彼にあまり何も言えていないんじゃない。もしかしたら、彼に遠慮してる？」

図星だ。実は、反論しているつもりでも少しも言えていない。彼の魅力にどっぷりはまってしまっていた。一方、自分が天使と改めて言われると責任感のようなものが私の心の中で大きくなっていった。

「何をどう言ったらいいか分からなくて。」正直な気持ちだった。彼に嫌われたくない。私の方がかなり年上だから自分の感情をそのままぶつけるのでなく、彼の気持ちを聞くために抑えなきゃとも思う。

「彼のことを本当に助けたいと思うなら、自分が天使という自覚が必要だよ。あなたしか、彼を助けることは出来ないんだ。だから、これからとても大変かもしれないけど、彼を助けてあげてほしい。

でも、気を付けてほしいことがあるから伝えておくね。天使の姿の時に持っている剣は全く役に立たないから。人も魂も刺せない、心のお守りみたいなものなんだ。」と、彼の友人は、自信と茶目っ気たっぷりに言ってきた。そして、更に続けた。

「少し、調べてみたけど、昔歴史的な悪女がいて、自分の強い支配欲を満たすためだけに大勢の罪なき人々を殺戮した恐ろしい人なんだけど、あいつは、その人の息子だったことがあるみたいだ。その後は、ずっと母親の魂に支配されて多くの罪を重ねた。母親の魂が、あいつを手先みたいに使っていたみたいなんだ。

たまりにたまった罪の重さで、あいつ自身の魂が今生で浄化されなければ、永遠に消滅してしまうかもしれない。あいつにとって、現世はとても大事な最後のチャンスなんだ。きっかけはあいつを見張る目的で近づいたんだけど、あいつと友人になって分かったことは、罪を重ねてきた人とは思えないくらい優しさと思いやりに溢れていて、永遠に消滅させてはいけないと思っている。」

「だから、あんなに必死なんだね。助ける方法はあるの？」と私は尋ねた。

彼にそんな深い事情があったとは知らず石柱の前で彼を責めたこと、本当に申し訳なかったと思った。勿論、罪を重ねるのは本当に良くないことだけれど。

「分からない。でも、何となく、あいつ自身が変わらなくちゃダメなんじゃないかな。詳しく答えられなくてごめん。」

「大変そうだね。でも、救わなきゃ。」

私が彼を救う方法を見つけて絶対に助けるという強い想いが湧き上がってきた。夢の中ではあるけれど、時に見せる彼の優しい眼差しが思い出される。

目が覚めて、また一日が始まった。その日は、どうしたら彼を救うことが出来るかずっと考えていた。実際は、全くいい方法は思い浮かばなかったけれど。考えすぎたせいか、外出から戻ると食事ものどを通らず、倒れ込むように眠りについた。

三、希望

夢の中で私は天使の姿をしていた。想像どおりの姿だ。天使たちは邪悪な集団と戦っているようだった。

私の周りには、何者も誰もいなかったが、ちょうど眼下に見える雲が厚く覆っているところから、何かの強い気配を感じて気になり下に降りて行った。分厚い雲を潜り抜け、見えたのは丘のようなところだ。恐怖は感じなかった。下まで降りきったところで、見えたのは人だ、人がいる。目が合った。天使ではなさそうだ。私のなかで緊張がはしる。次の瞬間、私の剣が奪われ、かすかに女性のうめき声と、息子よ……と聞こえたような気がした。彼が私の剣を地面に置いたとき、突如として石柱が出現した。彼は、しばらく震えていた。

私の頭の中で、猛スピードでストーリーが組みあがっていく。全くの憶測にすぎない根拠のないストーリーが。

彼は私から奪った剣で誰か女の人を刺した。彼の友人からの話が本当ならば、彼は悪女たる母親を刺したのではないか。なぜ、石柱が現れたのかは不明だが、先日の夢で見た文字は既に彫られている。私の剣では人（魂）は死なないはず。彼は、母親を石柱で押さえ込んだことになる。

彼はものすごい形相で私を見て、今見たことは絶対に誰にも言うなと言い、森の中へ消えていった。残された私は驚き佇んでいた。

丘を出たときには既に戦いも終わっているようだった。どちらが勝ったか負けたかは分からなかったが、私には今目の前で起こったことの方が衝撃的で、とても大事なことのように思えた。

その日、目覚めてからも夢で起きたことをずっと考えていた。彼が、天使の剣では魂まで奪えないことを知っていて自ら石柱を出現させたのか、もしくは別の何かの力が働いたのか――。考えても前回同様分からなかったが、あの時、私の剣を奪って刺したことは間違いない。あの人が悪女だとしたら、彼の心の中で何かいい変化があったのだろう。大丈夫、彼は助かるかもしれない、そう確信をした。


次の日の夢で、大聖堂の中のようなところにいた。周りにいるのは全員天使。私と同じような天使の姿をしている。天使の集会のようだ。

私が賞賛されていた。理由はこうだ、あの歴史的悪女が丘で封印されていることが確認された。そして、ある天使が、私があの丘へ降りていくのを見たというのだ。私がしたことではないという弁明も許されないまま集まりは解かれてしまった。

大聖堂の右前あたりに長いテーブルが置かれており、天使の長老たちは十二人くらいで向かい合わせに座っている。集まりは解かれても、まだ何かを話し合っていて、でも各々が勝手にしゃべっているようだった。聞きづらい状況だったが、どうしてもはっきりしておきたかったので勇気をもって尋ねた。

「私が封印したと思っていますか。」

するど、一人の長老が大声で言った。

「自惚れるな。お前にそこまでの力はない。」

「では、封印した人をご存知ですか。」と、再び聞いた。

「言いたくもないよ。」面倒くさそうに答えた。そんな適当なと思ったが、それ以上聞くことが出来ない雰囲気があった。周りを見渡すと、彼の友人もことの成り行きが気になるのかそこに立っていた。


次の日、夢の中で、私は石柱のある丘の上にいた。彼は、まだ救われる、そんな確信が更に強くなっていく。

私自身も、彼と一緒に生まれ変わりを繰り返すことを決めた。これ以上、彼が罪を重ねないためにも。彼を助けることが出来るのならば。

「彼と一緒に生まれ変わりを繰り返します。」そう声に出した瞬間、今ある、彼が出現させた石柱と背中あわせになる位置に、同じ石柱が出現した。その上には、今私が誓った言葉が彫られていた。

ずっとずっと避けてきたことのように思えた。来世以降の自分を心配する自分もいる。長老も言っていた、私より彼の力の方が圧倒的に強いのだ。私が私でいれるのだろうか。はっと我に返った。彼を助けるため今は出来ることをしよう、そう決めたのは自分だ。

次の日の夢も丘の上にいた。横には、彼がいる。二つ目の石柱を見ているが、何も言わなかった。沈黙が続き、堪らず私が口を開いた。

「私も誓いをたてることにしたの。一緒に来てほしいところがあるけれど、来てくれる?」彼は何も答えなかった。構わず彼を長老のところに連れて行った。

相変わらず、長いテーブルで好き勝手に話をしている。少々の声の大きさでは気が付いてもらえないと思った。だから、だいぶん大きな声で話しかけたのだった。

「この人が、誰か分かりますか?」長老の数人は少し驚いた顔をしたが、一人の長老が一喝した。

「お前も含めて一切興味がないのだ。」なんだか、無性に頭にきた。真実というものから目を背けている気がした。敬語なんて使う必要もない。

「この人は、もう大丈夫?」と、声を張りあげた。

「知らん。お前も誓いをたてたようだな、その誓いも含めて、お前らの想いの強さと今後の行動による。ただ、彼が救われることは奇跡に近いからな。これで満足か?」だいぶん、面倒くさそうだ。呆れて何も返す言葉が見つからなかった。ただ誓いをたてたことを知っていたことには、驚くしかなかった。頼もしさもあったが、ゾッとするものがあった。

彼を連れて丘の上に戻ってきた。彼は、「ありがとう。本当にありがとう。」と言い、私の手をとり、手の甲にキスをした。古めかしいし、大げさだと思ったが、正直にいうとものすごく嬉しかった。彼のことを本当に好きになってしまっていると改めて気付かされた。そして、何よりも解決の糸口が見えた気がして安堵感で満たされていた。

それからしばらく夢は見なかった。見なかったというよりは、見ないことを願っていたのかもしれない。

少し安心したのと、自分の役割の重圧に押し潰されそうになっていた。

7日後の夢で、私は長老たちに呼び出されていた。夢の中での呼び出しなんて初めての出来事で、覚悟を決めて向かった。

「最近、目標を見失ってはいないか。いつか、強気で聞いてきたことは、諦めたのか？この建物の裏には、なかなかいい景色が広がっておる。美しい山々が一望出来るぞ。散歩やリフレッシュをするのにうってつけの場所だ。そこで頭でも冷やしてこい。大体、散々期待をさせておきながら、その期待を見事に裏切ろうとしている、恥ずかしいと思え。」

返す言葉もなかった。

言われるがままに、建物の裏に向かった。

小道が遠くへ続いていて、周りには秋桜が咲いていた。川の流れる音と小鳥のさえずりが聞こえる。しばらく行くと、その小道は行き止まりの柵があり、その先へとは進めなくなっていた。

柵の前で立ち止まって深呼吸をした。森があり、その奥には今まで見たことがない程の険しい山々が見える。

長老が言っていたように、とても美しかった。けれども、あまりの険しさと高さに圧倒された。あんな山に入ったら絶対に戻ってこられないに決まっている。あの山に入れと言われない限り大方大丈夫だ。


次の日は、彼に会いたいと強く願った。彼を助けるという目標を見失いかけていたのを取り戻すため、彼に会った。

膝を抱え、壁に背をつけて座っている。私も横に座った。何も話してくれない。ずっと沈黙が続く。耐えられない。

「これから、どうすれば……。」同時に同じ言葉が出た。

その時、ようやく気が付くことが出来た。彼は誰にも言えない不安に押しつぶされそうになっていた。彼の気持ちに気が付くことが出来ていなかった。彼にとって不安は良くない。分かっていたことではないか。甘々の自分が恥ずかしい。その時、彼が聞いてきた。

「俺に足りないものがあったら教えてほしい。」

明確に分かっているが、とても言いにくい。でも、彼の友人が臆せずにいうべきことは言った方がいいと助言をくれたことを思い出した。

「不安や悲しみ、寂しさの感情をあまり人に話さないで、一人で抱え込んでいる気がする。私が、これからは聞くから、一人で悩まず必ず話してほしい。」

私も偉そうにいえないのは十分承知している。でも、彼をどうしても助けたい。人は生きているとどうしても傷付く。彼は、優しすぎるが故に、それらの傷を、一人で抱え込んできた。そして、ため込んだ感情が時にマイナスに作用するのだ。私が話を聞く。そして、彼の不安を取り除いていく。私は、彼とこれからたくさん話をしていくつもりだ。

次の日の夢で、私は彼から告白された。付き合うことになった。彼と私はデートを重ねた。優しい彼と話をしていると、とても優しく温かな気持ちになる。それに、ずっと感じることがなかった恋愛的な愛しさを感じることが出来て、日々、幸せだと思う。こんな感情になることがあるなんて、自分でも信じられない。彼と会っているとほんの些細なことでもドキドキする。湖、海岸、山や街、色々なところに行った。たくさん話をしたし、たくさん笑った。かけがえのない人になっていた。

ある日、私たちはあの丘の上にいた。彼は、私と手を繋ぎ言った。

「もうこの石柱の言葉は必要ない。じゅりあを束縛していたものを解き、自由にする。」

するど、悪女を押さえつけていたあたりの地面から光が上に散っていった、無数の小さな光となって。

そして、悪女を押さえつけていた石柱に彫ってあった文字が消え、石柱自体も消えていった。

私も言った。

「私も、彼への束縛を解き、彼を自由にします。」背中合わせにあったもう一つの石柱の文字が消え、石柱も消えていった。出来れば、石柱に彫ってあったように来世以降もずっと彼といたい、そうは思うけれど、今がとても幸せだ。今の彼が、とても幸せな気持ちにしてくれる。きっと来世以降も願えば叶うはずだ。束縛ではなく、願いとして。想いは実現する、そう信じようと思った。

丘の上にある厚い雲がなくなり、既に紅葉している周りの森から木漏れ日が差し込む。夕暮れ時。じめじめとした丘に光が差した。黄金色に染まる。お互い、自由に選択出来る中で、私が彼を選び、彼も私を選んでくれたら本当に素敵だ。そう思っていると、私の手を握ったまま彼は言った。

「来世も一緒にいよう。」

私も、

「うん。」と答えた。

現実に会ったことのない彼、名前すら知らない彼。でも、確かに存在しているはずだ。

次の夢で、長老たちに、悪女を押さえつけていた石柱が消えたこと、石柱があった地面のあたりから光が無数の光になって散っていったことを報告するため、私一人で向かった。長老たちは長いテーブルで相変わらず勝手な議論をしていた。このあいだは信頼をなくしそうになっていたため、タイミングを見計らって神妙に切り出す。

「丘に閉じ込められていた悪女のことで、悪女を押さえつけていた石柱が消滅してしまいました。消滅した石柱があったあたり、悪女が押さえつけられていた地面から無数の光のようなものが散っていきました。間近で見ていた私自身どんなことが起こったか分からないのですが、大丈夫でしょうか。」

「心配ない。ようやく収めることが出来たようだ。これに関しては、悪女と彼自身でしか収めることは出来ないことだったから。

でも、おめでとう。彼もこれで消滅は免れる可能性が大いに出てきた。まだ消滅することもあるかもしれんし、彼の重ねた罪は重すぎる上消えない。彼はその分苦しみを背負うことになる。

彼は、引き続き助けを必要とする。それでも、彼自身の力で一歩、二歩と前進しておる。まあ、その点では彼は強いしすごいとしかいいようがないが。やはり、昔の強い力は健在のようだな。」

「彼の消滅の可能性が低くなったんですね。まだ消滅の可能性があるのは悲しいですが、彼の努力が報われたのは本当に良かったです。ありがとうございます。

それから、彼の昔の力を知っておられるようですが、彼は昔天使だったのですか？」と聞いた。

「聞いて呆れる。全く何も覚えていないのか。需里亜のお師匠さんだろうが、あいつは。最愛の弟子のお前に完全に忘れさられるとはあいつもかわいそうな奴だ。かつてはいつも一緒におったぞ。

師匠と弟子でありながら、本当の兄弟のように。仲が良すぎるくらいだった。自分が学んだものすべてを需里亜に教えるかのように教育熱心に教え込んでいた。時に行き過ぎた指導で、厳しくしすぎて需里亜が死にかけたことも何回かあったみたいだが。

一度は雪山で遭難しかけとったし、一度は燃えさかる小屋から脱出出来ずにしておったのを、たまたまほかの天使が見つけて間一髪のところ助け出したのだ。ほかには巨大な洞窟で迷子になっていたのを3、4日後に発見されたこともあったな。だからこそ今も需里亜は天使でいられているのだ。

あいつが、お前の師匠じゃなかったらとっくに需里亜は天使を剝奪させられているだろう。なんか甘いところがあるからな。それをあいつは一番心配していたが。とにかく、あいつに感謝せないかん。

それから、だいぶ力をつけてきたある日、途轍もなく負の強い力を持つ悪女の存在のせいで、世界中で険悪かつ最悪な出来事が起こり、人々の恐怖と悲しみで満たされ、世界が大混乱を来すということが、その100年前に予言された。

そのとき、対抗策として天使の中でも最強に優秀だったあいつがその悪女の息子として生まれることが決定したのだ。あいつが望んだことでもあったからな。

あいつは、準備の一環としてまずは念のため需里亜との縁を切ったのだ。中世ヨーロッパでそれまでどんな困難があってもきちんと話し合いで折り合いをつけ、内部での対立なんか一切考えられなかった国で、ほんの些細なことから、大きな意見の対立があり、あいつはその国を出て行ったことがあった。あの国で対立があるとは信じられず調べたら、意図的なものだと分かったのだ。とにかく、驚いたから覚えているのだが。

理由としてはおそらく需里亜を巻き込まないためと、自分が堕落したときに躊躇なく倒してもらうためだったかもしれん。どちらにしろ、需里亜への思いやりだ。

もしかしたらその時に需里亜の記憶から自分を消したのかもしれんな。だから、あいつも天使だったよ。しかも最強だった。

でも、まだ本人には言ってはいけない。傷を広げるだけだ。なんの得にもならん。

あの悪女を封印してしまうとは並大抵のことじゃない。あいつ以外のほかの天使で団結して何回も試みて全部失敗に追い込まれたことだ。

あいつはあの悪女の魂の支配に縛られながらも、それなりに一人で抵抗し戦っておったのだろう。孤独と不安に脅えながら。

需里亜の剣もそこまで役にたたんかっただろうからな。あれは、相手を怯ませることは出来ても、傷一つ負わすことは出来ん。つまり、びっくり箱の方がまだ役に立つかもしれん代物だ。あいつが、それを知らんかったはずはないが、悪女の余力がなくなっていて、まあ石柱で運よく押さえ込むことが出来たことは、二人とも本当に運が良かったとしかいえんな。

あいつは、まだ負った傷が全く癒えていない。想像よりはるかに大きな心の傷を負って生きておる。立っているのでさえ奇跡だ。需里亜にしか出来ないことがあるのはもう分かっているだろうが、出来れば、どんな形でもいい、あいつの傷を少しでも癒してもらえたらありがたい。罪なき人に危害を加えていったらしい。

それから、悪女がその後どうなったか聞きたいか。」

「知りたいです。出来ればお願いします。」と答えた。

「これからのお前たちのためにも知っておいた方がいいだろう。大事なことだからな。

需里亜は、自然に悪女の魂が天に散っていたくらいに思っているだろうが、あれもあいつが仕込んだことだ。あいつが石柱に向かって言ったのはお前への束縛の誓いの取り消しではあったが、もう一つ悪女の魂の支配との決別をも心の中で同時に誓っていたのだ。力が全く残っていなかったあの悪女もそれを受け入れざるをえなかったのだ。ただ目に見える形で、無数の光で散っていったのは、あの悪女にも母親としての愛情は少しはあったのかもしれん。息子の力が強いことを見抜けん奴じゃない。息子にいつか自分が倒されることの予見は当然出来ただろうに。

でも、犯した罪は、どう考えたって許されるものではない。消滅か更に残酷な目にあうのは必至だろう。」

お辞儀をして、彼のところへ向かった。彼には、不安をあたえないように、事の顚末を極めて明るく軽く言うことにした。深い心の傷のどこにも塩を塗りたくない。彼がどこまで覚えているのかも分からない。もし、彼が持っているすべての傷が癒えたのち、すべてを話し聞いてみるつもりだ。私を覚えていたのかも。

「今、長老のところへ行ってきたんだけど、悪女の件は解決して大丈夫みたい。それに、あなたは自分自身も。ものすごく深く心の傷を負ったせいで引き続き天使の助けは必要らしいけど。」

「消滅は免れたのだろうか。」と彼は呟いた。彼は知っていたんだ。更に、彼は続けた。

「かなり昔、まだあなたと夢で会う前、天使が夢に現れて、魂の消滅の危機を知らせてくれた。最初は全く信じなかったんだけど、一週間毎日夢で言われたら、徐々にそうなのかなと思えてきて。」

「確かにあなたの魂の消滅がなくなる可能性が大きくなったって。」私は、泣きながら言った。彼の頑張りと少しの安心と交錯した感情から。すると、彼が、

「なんで泣いているの?」と聞いてきた。私は、

「今までの頑張りが実を結んで本当によかったね、それが本当に嬉しくて。」1分ほど、沈黙が流れた。

「心から愛しています。結婚してください。」と真剣な表情で言ってきた。

「はい。」と即座に答えた。

あまりにも突然だったけれど。それに、普通はプロポーズというのは雰囲気のいいところでロマンチックにされるものかなと思っていたけれど、断る理由はない。だって、私も彼のことがとてもとても大好きだ。

彼とは今は夢の中で会うだけの関係だ。でも、これから現実に出会うかもしれない。もし現世で現実に彼に会ったら必ず気付く自信がある。それに、来世はきっと一緒だ。

明日はクリスマス・イヴ。優しい彼と、私が現世で幸せに過ごせますように。そして、世界中の人がずっと幸せに過ごせますように。

四．伝承の海

1年後、私は少し遠くに旅行する用事が出来た。とはいっても、自分の趣味、知的好奇心を満たすためだ。

どうしても見たい画家の絵画の展覧会があって、以前この画家の展覧会には行って見たはずなのに、今回はこれを逃すと一生後悔する、そう思って即決した。

久しぶりの空港。なんだか、緊張する。飛行機の搭乗が始まった。隣に、若い男性。なぜか、シートを隔てる肘掛が上がっている。何かに気が付いたかのように、隣の若い男性が、肘掛を倒し、その人とのシートの間に隔たりが作られた。もうすぐ離陸だ。久しぶりの機内アナウンスにも感動を覚える。かつては、遊びによく行っていたものだ。

いよいよ離陸する。離陸の時は、何歳になってもドキドキする。無事離陸し、偶に揺れるも安定して旅行先へ向かった。空港に降り立ち、電車に乗る。いくつか乗り継いで、その後はバスに乗り、お目当ての美術館へ。

平日だというのに、人でまあまあ混雑していた。この美術館には、以前1回来たことがある。親戚が行って良かったからと勧められたからで、特に私自身がとても行きたかったという訳でなく、家族が行くからと付いて行ったというのが理由だった。その時は、絵画ではなく全く別のジャンルの展覧会だったと思う。陶芸かなんかだったと思う。だから、多少の方向音痴の私でも一人でどうにか辿り着くことが出来た。

中に入ると、整然と、油絵が並んでいる。人物画が多かった。久しぶりに来た展覧会の雰囲気に圧倒されていた。

私は美術にあまり詳しくなく確信は持てないが、画家が描いた年代別に展示がなされている。絵の中の人は、昔の人だろうけれども、表情豊かに描かれていた。幾つかの展示室をめぐり、ある部屋に入ると、なぜか分からないけれど、心が癒されていくような気持ちになった。

改めて展示されている絵を見た途端、驚きと恐怖に身がすくんだ。寒気がした。来るべきではなかったと後悔した。

夢で見ていた景色に近しい絵画ばかりが並んでいた。天使の集まりで見た天使たち、大聖堂もどこかしら似ている、それに裏にあった険しい山々も。決して望んだりはしないが、絵の中の天使は今にも話しかけてきそうだ。きっと、画家も見たに違いない。天使は、言い伝えで言われているように人々に色々なことを伝えてきたという、そんなことを考えていると、悲しくも懐かしさが込み上げてきた。

今でも彼と夢で会うことはあっても、私と彼は天使の格好ではなく現代と同じような格好をしているし、最近は、ほかの天使の誰も出てこない。

そんなことを思っていると、突然自分の周りが、ヨーロッパの対立の場面になっていて、私がその舞台の真ん中に立っていた。争いの原因となっていた理由が分かった。対立の前の月に、同盟国となった隣の国の使者が来たとき、多少の失礼があった。何かの手違いで正装でなかっただけだ。そのことは、正式に謝罪があり解決済みで更に追及することはしないことが決定していた。

彼が私に近づき、

「ここにもう居ることが出来ない。明日、出て行く。でも、君は全く悪くないし、これからも自分が信じるとおり、幸せに暮らしてほしい。」と言った。と同時に、彼は私に魔法をかけていた。彼を忘れさせる魔法。長老の言っていたとおりだ。更に、風景は時代を遡り、中世のイギリスの田舎。彼と私は、お互い思いやりをもって幸せに暮らしていた。子どもにも恵まれ、その子はまるで天使のようだった。更に遡って、中東のどこかの国でも。次々に、幸せに満ちたあたたかな映像が流れていく。どの時も彼も私も家族も全員笑っている。微笑ましく幸せに溢れた光景だった。

そして、突然、彼と私の二人ともが天使の服装をした場面が展開された。10歳くらいだろうか。彼は、15歳くらい。私は、彼の前に連れてこられ、

「今日からこの人が師匠だ。」と言われた。そして、彼には、

「今日から、教育を頼む。素質がない訳ではないが、なぜか理由は分からんが、あと一歩

だというところで諦めてしまうからだいぶ苦労するかもしれんが。もし、お前を以てしても無理な場合は、遠慮なく言いに来てくれ。ただ、長所はある。洞察力というか、何かこいつの中で物事を鋭く見抜く力には長けている。その分、慎重になりすぎているかもしれん。」

「分かりました。一緒に学んでいけばいいのですね。手加減は一切しないつもりですので、厳しくしてもいいですか。」表情ひとつ変えず彼が答えている。

「大丈夫だろう。」私を連れてきた天使がそう言って部屋を出て行き、彼と二人になった。彼を見て最初に思ったのが、何だかとっつきにくくて冷たい人だということだった。

「じゃあ手始めに、今から隣の部屋に閉じ込めるから、自分の力だけで出てきて。」彼が笑顔でいうと、頑丈な厚い鉄の扉がある部屋に私を閉じ込め、鉄の扉に外から鍵をかけた。鍵は見かけから15個くらいあるみたいだが、音から三つかけたと思う。意識を鍵に集中してみる。やはり、三つだ。でも、意地悪のつもりか、更に一つは途中までかかっている。

ただの脱出なんて簡単すぎる。瞬間移動でほかの空間へ移動すればいいのだ。瞬間的に、解決してしまうではないか。何が師匠だ、恐ろしく馬鹿馬鹿しい話だ。でもちょっとこの部屋を満喫してからにしよう。

一通り、部屋を見て回った。円形の石造り。物は一つも置かれていなかった。さてそろそろ瞬間移動で部屋を出ようとしたが、出られない。おかしい。ものすごく焦ってきた。もう、5回も失敗している。別の方法を考えなければ、きりがない。でも素直に鉄の扉を開けるのは癪だ。もっと別の方法はないかと探すことにした。

　窓がある。脱出するにはかなり小さい。内側から鍵をかけるタイプだ。窓を開けて、下を見た。そこは、断崖絶壁だった。飛べばいいいか。これで、脱出可能だ。

　どうせなら、鉄の扉の鍵を開けてからにしようと考えた。鉄の扉の鍵がかかっている4か所に順に手を当てていく。衝撃で開くはずだ。思ったより、重いせいで一つの鍵に5分ずつくらいかかった。窓の方に向かっていく。何度か身体をよじってようやく上半身が外に出た。これで、翼を伸ばして、飛ぶ。翼が広がらない。5回ほど試したが、広がらない。

　悔しいが、鉄の扉から出るしかない。窓を閉め、鍵も閉め、鉄の扉から出た。

　この建物からも脱出するつもりだった。移動も飛ぶことも自由に出来ないこの場所から。

　鉄の扉からそっと出ようとした。彼は、そこに立っていた。


「平均4分56秒。あまりにも時間がかかりすぎだ。すべて1回で解除出来るまで何度もやる。」

　また、閉じ込められてしまった。平均3分45秒。そして次は、2分16秒。1分50秒。43秒。もう意地だ。36秒。25秒。10秒。6秒。5秒。4回。3回。そして、遂に四つのうち二つが1回で開いた。そして、深呼吸のあと、集中する。今度こそ、出来るはず。すべての鍵が1回で開いた。もうこれ以上の気力も体力も残っていない、ぺたんとその場に座り込んでしまった。

その後、定期的なテストを受けつつ、経験を積んでいった。とにかく厳しかった。長老は、私が何回か死にかけたと言っていたが、実際は50回以上。一応、死のほんの直前には彼によって助けだされていたが、人の命を何だと思っているのだ。せめてもう少しでも、まずは命の大切さを学んでほしい。

その後も、彼と学んで色々な経験も積んでいく中で、私の中にも変化が生じていた。物事が上手くいかなくても何度もやる。なぜ上手くいかないか考えて修正しながらも何度も何度も挑戦する。今考えると基本的なことだけれども、それまでの私は、出来ないという悲しみの方が強く何度も挑戦する気持ちが挫かれていた。そして、最大の変化は、私はただただとっつきにくく、嫌いだとしか思っていなかった彼を尊敬するようになっていた。彼と学ぶことが楽しいとさえ思うようなっていた。

そんなある日、彼が突然、

「今日から独り立ちだ。とりあえずは、大聖堂を訪ねてみたらいい。」と言い、建物の外へ私を連れて行った。突然のことで何が起こったか分からぬまま、彼が建物の中へ入っていくのを見送った。扉を突き破って入ろうかとも考えたが、きっと彼のことだ。絶対に中に入れてはくれない。大聖堂へ向かうしかなかった。

大聖堂に入った。一人の天使が出迎えてくれた。私を彼のところへ連れて行った天使だ。

「独り立ちと言われました。」と私は言った。

「じゃあ、独り立ちだ。」と笑顔で言って、私に彼を忘れる呪文をかけた。私は、薄情なのでも彼をただすっかり忘れていた訳ではないのだ。天使としての記憶も失わされていたのだ。妙に安心して、彼との関係に自信が持てた。

現実に戻り、美術館を出た。今日は、これから何もかも忘れて海に夕日を見に行く。ここからは1時間半ほどの道のりだ。バスに乗り、電車に乗り換える。バスはバイパスを通り、大きな駅へ。バスを降りて、周りを見渡す。横断歩道を渡り、電車で海沿いの駅へ。時間帯のせいか程よく混雑している。駅を出て海岸の方へ。電車内は混雑していたのに、その駅で降りたのは私を含めてもほんの数人。海岸へ向かう人は私ひとり。

久々の海だった。波ってこんなに大きな音だったんだ。砂浜に座り、徐々に暗くなる中日が沈むのを待った。

ようやく日が沈み始め、黄金色に海が染まり、穏やかな時間が流れる。心地のいい音楽に身をまかせているかのようだ。このまま、時間が止まるのではないかという錯覚すら感じる。

コートを脱いで傍らに置いた。だんだんと海の方に引き込まれるように歩いていき、気が付いたときには、腰の上まで海水に浸かっていた。それでも、どんどん足が勝手に進んでいく。もはや自分でも全く止めることが出来ない。これでいいの、と自分に言い聞かせた。

「じゅりあー」突然名前を呼ばれた。

「止まれ止まってくれ、待っていろよ、今助けに行く。」

誰か知らない人に、腕を掴まれ浜までひっぱっていかれ助け上げられた。

そして、その知らない誰かは何度も何度も来るのが遅くなってごめんと繰り返し、遂には泣き崩れてしまった。私はこの人が誰なのか全く分からないけれども、この人は私を知っているのだろうか。

「あなたは誰？」朦朧とする意識の中で尋ね、続けた。

「私には、助けないといけない人がいるの。邪魔をしないで。その人は世の中に絶対に必要なとてもとても大切な人。でも、もし私が助けなければ消滅をするかもしれない。二度と生まれ変わることが出来ない。母の愛も友情も、何か出来たときの達成感、日々の何気ない小さな幸せでさえも、すべてを奪われてしまう。私が出来ることは、代わりに私が消滅をすること。絶対に邪魔をしないで。その人がいないと、本当に世界が滅びるの。私にとってそのくらい大事な存在。だから、私はその人の身代わりになるの。」と、繰り返し言い続けた。

「じゅりあ。完全に忘れてしまったのだね、君なら願うかもしれないということ、予測が付かないはずがなかったのに、遅くなって本当にごめん。」

意識が薄れていく。海の藻屑にはなれなかったけれど、私は死んでいくのだ。私はどこまでいっても中途半端だ。
暗い暗い海の中をずっと漂っているかのようだ。

意識を取り戻したのは救急車の中だった。誰かは分からないけれど、心配そうに見つめている。

その後、運び込まれた近くの病院で検査を受けた。付き添ってくれた人が事情を説明してくれて、検査の結果もどこにも異常なしとのことだったのですぐに解放された。

その人はずっと、私に付き添っていた。電車に乗り帰路につく。ずっと側から離れない。

「観念した？」その人は言った。

「観念した。」

「どこで思い出した？」

「それは分からないの？」

「分からない。」

「検査の後。」

「思っていたより後か。」

「いつ思い出したと思った？」

「救急車。」

「なぜ？」

「ごめん。それは言えない。」

「また自分ひとりで背負う？」

「分かった。正直に答える。心が既に限界だった。救急車で目を開けたとき、助けられたと思った。目を開けてくれたことが嬉しくてそれ以後は何も考えられなくなっていた。だから、自分の希望だったんだ。また、独りよがりだったよ。

そうだな、これからは、もっとじゅりあを信じるよ。何でも正直に話すし、相談もする。だから、じゅりあも俺をもっと信じて頼りにして。」

「うん、じゃあ、お互いにということで。」


駅を降りて、横断歩道の手前。私たちは立ち止まり、顔を見合わせて微笑みあった。ここは、私たちの再出発の場所。懐かしく温かく心が満たされていく。


彼は不機嫌そうに言った。

「もうこれ以上、俺に罪を重ねさせないでほしい。」

「どういうこと？」

「まず、死んではだめだ。それに、まだ俺には助けが必要なんだろ。今のところ、じゅりあしか思い当たらない。」

「今のところなら、断る。」

「じゃあ、一生大事にします。よかったら俺と結婚をしてください。」

その後、私たちは結婚をした。これからは、ずっと二人で歩いていく。もう、誰も不幸にはしない。これが私たち二人の新たな誓いだ。

五．償い

結婚して毎日は幸せに過ぎていく。でも、やらなければならないことがあるのは分かっている。需里亜がいるから、今度は安心だが、何が起こってもおかしくない世界に踏み出さないといけないと思うと、とてもとても気が重い。

悪女に息子として囚われていたとき、時々何かに見張られているような気がしていた。

「お前は、誰だ。なぜ、見張るのだ。」と怒鳴りつけた。

「気付いていたのか。さすがだな。私は、天使だ、だが、天使を知らなかったな。ともかく、敵ではない。味方だ。」とそいつは言った。全く信じる気はなかった。試すつもりで、

「俺の何を知っている？　味方なら、なぜ味方をするのだ？　俺はもはや母親の操り人形でしかない。」と聞いた。

「ほう、ここまで徹底的に管理支配されていてもだ、自分が操り人形でしかないと分かっ

ていることが、お前が只者でない証拠ではないのか？　少しでも助けになればいいと来た。」

しばらく考えて、

「分かった。あなたを信じよう。」と言った。

ここでは、みんな自分の保身のため嘘しかつかないし、他人を認め褒めることなど一切ない。この答えで、監視ではなく見守られ助けにきてくれていたことが確実に分かった。

それからは、時々くる天使と語り合った。

ジュリアに会いたい、ジュリアは今何をしていると何度も聞きたかったが、聞けなかった。

今や、自分の中では昔話のようなものだ。でも、たとえ強要されていたとはいえ、自分の犯した罪に向き合わなければならない。

母親から命令されたことはほとんど被害が出ないようにし、母親を騙していた。ただ、需里亜に関係することには償わなければいけないだけの理由がある。

ある日の夜、需里亜に伝えた。需里亜は微笑んで「うん。」と頷いた。

休みの日に、本当は一生見たくもないあの書類の束を机の引き出しから自ら取り出した。隣にいる需里亜と目を合わせると、彼女は優しく微笑んだ。お互いに何も言わなくても、安心する。

需里亜が、

「どうしたらいい？」と聞いた。

「見てて。」と答え、書類の束に手を当てた。「需里亜も、手を重ねて。」と言い、需里亜は手を重ねた。

すると、ものすごいスピードで二人は上空へ駆け抜けていき、雲を抜け、一番高いと思われるところまで来た。

そこには、十七人の天使が円を描くように立っていた。遅かったな、腕がだいぶ落ちたな、などと手荒い歓迎を受けた。

「自分の犯した罪をどう償ったらいい？」と聞いた。

天使は一瞬頷いたが、それには答えず、需里亜に、

「ジュリアか。だいぶぶりだな。」と言った。

母親に支配されていた時に、時々来てくれていた天使だ。そして、

「これまでしてきたことの償いはこちらで十分にしておいた。もう二度と、こんなことがないように。この世界が始まって以来の大失態とも言えよう。

だが、これでまた、二人でここに戻ってくるといい。」と、言った。優しく透き通るような声だった。

六．企み

十年後、ちりぢりとなっていた悪女の魂が一つに集まっていった。

おお、私は生きている。まあ、当然のことだ。丘の上で、まさかとは思ったが自分の息子に多少の傷を負わせられ、ずっと空間をただ漂っていた気はする。けれども、私がほかの誰かに負けるはずはないのだ。

息子は最後まで優しさを捨てきれなかった。笑ってしまう。あやつは、自分の優しさという最大の弱点に身を滅ぼされるのだ。この私の目の前で苦しみもがき、死にゆくのが楽しみだ。子どものころのように、泣きながら私に助けを求めてくるがいい。だが、そんな姿に今度は同情など一切するものか。

一度は完全に手に入りそうなところ、ちょっとした油断で取り逃がしてしまったが、また取り返せば、今度こそ正真正銘私のものだ。

あやつは、絶対に許さない。あやつだけは絶対に許さない。この私をだまし続けていたのだ。私への従順さを演じきっていた。疑う余地は微塵もなかった。悔しさに顔が歪む。

一体、何が不満だったのだ。毎日この私の声を聞き、私の容姿を拝め、私から直々に命令をしてもらえるのだ。十分に、ありがたいと思うべきことであろうが。

丘での出来事が今でも信じられない。誓いの丘で、最後のとどめとして、あやつを追い詰めたのはこの私の方だった。永遠に服従するというあやつの誓いの証がどうしても欲しかった。

だから、永遠の服従の誓いを取り付けるため、あやつと二人きりで丘へ行ったのだ。念には念を入れて、何人にも邪魔をさせないよう、丘の周りはあやつに集めさせた邪悪な者たちに守らせた。

そして、既に虫の息となっていたあやつに、剣を突き付け、犯させた罪を次々に暴露をし、事の重大さをしっかり胸に刻み付けろと言った。その上で、味方は私以外にいないことを伝え、既にお前は私に弱みも握られていると言った。私への永遠の服従を今ここで誓う以外、お前の道はない、そう伝えたのだ。

そしてすかさず、この私に永遠に服従しろと言った。あやつは、一言も声を発しなかった。一言、はいと返事をすればよかったのにだ。

それどころか、気が付いたときにはあやつが持っているはずのない剣でこの私が刺されていた。痛くもなかったが動揺してしまっていた。次の瞬間には、体に何か重みがかかり、体の自由がきかなくなったのを最後に意識を取り戻すまでの記憶がない。

丘へ連れて行く前の準備もすべて水の泡となった。私だけに従うように、自分で生きるための術を何も教えなかったし、獅子や狼を部屋の近くで飼い、夜も眠らせない恐怖を与えた。

でも今度こそ、あやつを完全に支配してみせよう。今度こそ、世界中を支配してみせよう。今や私には二つの喜びが出来たのだ。

私の言うことだけを聞き、人々は私のためにだけ働き、私の命令だけを聞いていればいい。

まずすべきことは、天に呪われたこの身を他人とすり替えることだ。

辺りを見回すと、一部分長方形の穴が開いていて、そこから地上の様子を窺い見ることが出来るようになっていた。いるぞ、いるぞ。何千、何万人もいる。

「ひっ。」と声をあげ、後ろに身を仰け反らせた。今見たのは現実なのか、自分の目を疑うしかなかった。

全員が自分と瓜二つの容姿を持ち、今自分が着ている服と全く同じ服を着て、髪形も身に着けているアクセサリーも同じで、互いに残虐な方法で殺しあっていた。取っ組み合いをしている者、遠くから大砲でほかを狙っている者、馬乗りになっている者。何とも気持ちの悪い醜い争いだ。

「私が私を殺してどうする？」と、嘲笑いながら言った。

聞こえていないのか、地上の者たちは争いを止めなかった。私の話を聞け、聞くのだ。

自分で自分を攻撃してどうするのだ――。

「言うことを聞け、聞くのだ。お前たちは自分たちで自分たちを殺している。殺し合いを止め、この私に服従し協力をするのだ。」

それでも聞こえていないのか全く争いをやめようとしなかった。

「今が、この私を裏切り蔑ろにした者へ復讐をする絶好のチャンスではないか。あやつは、私は消滅したと油断をしている。けれども、私だけでなく、こんなにも私の偽物もいる。そこにいる者全員私に服従しろ。そうすれば、あやつがこの中から私を見つけ出すのは不可能だ。

こんなにも有利な状況はないぞ。今度こそ楽に勝てるではないか。なぜ、それが分からないのだ。」と叫びながら、近くに武器はないかと探した。


周りは暗く、何もない。きれいに磨かれた灰色と思われる床と、平らな天井がずっと続くばかりだった。きっと、何かはある。悪女は声をあげて笑いながら気が狂ったように床に這いつくばり探し続けた。

外の世界でいう時間の2日間ほど探していた。

遂に両手に持ちきれないほどの武器を探しだすことに成功した。まずは、矢を地上に向けて放った。一人に当たり、倒れ動かなくなった。死んだのかとそう思った次の瞬間、床が消えて無くなり、地上に落ちていっていた。

容赦なく、矢や石、火や弾丸が飛んでくる。当たらないように避けながら、持っている武器で負けじと反撃をする。

外の世界では、二人の天使が話を始めた。

「チャンスは与えた。」

「そうだ。もう十分だ。これ以上のチャンスは無意味だ。これで顔向け出来んこともなかろう。」

「それにしても、惨劇だ。心のコアなところですらああなのだから、筋金入りということか。」

「そのようだ。残念だが、仕方がない、救いは受け入れられぬ。」

復活のチャンスが与えられたものの、それを果たすことが出来なかった悪女の魂を閉じ込めたその箱は、二人の天使の手を離れ、ずっと彼方に向けて旅立っていった。二度と開かれることもなく、戻ってくることもない旅立ちだった。たとえこの世の果てで魂のたった一欠片になったとしても、救いは届かない。

七．記録

時を遡れば、去年の春休みに、じいちゃんの家に遊びに行った。

リビングの扉のねじが少し緩んでいる気がして、工具を取りに行った物置で、見覚えのある露店がそっくりそのまま置かれていた。横の木の箱には売り物として売ってあった品物もいくつか見覚えがあり、それらが今目の前にある。露店の店主が着ていた服まであった。

記憶が蘇る。いつだったか、書類の束を骨董品を売っている露店で半ば強引に買わされた。値段はただ同然だったからよかったが、高額だったら警察に駆け込んでいたはずだ。

ふと振り向くと、じいちゃんが立っていた。

「そうだ、あれを返してくれ。もう要らんだろう。」と、心を見透かしたかのように、言った。

「分かった。久々にあいつに連絡をとってみるよ。」と答えた。

とその瞬間ふと疑問に思ったので、

「あれを持ち出して、大丈夫だったの？」と聞いた。

じいちゃんは懐かしむかのように目を細め、

「ああ、あの二人は、頑固な二人だ。偽物なんかすぐに見破るし、証拠をきちんと見せなければ、全く信用しない。実物を出すしかなかった。でも、無事戻しておけば特に問題ないじゃろ。」

ある暑い夏の日、

「パパ、何しているの？　公園にキャッチボールをしに行こうよ。」

「ごめん、今忙しいから、お昼を食べてからでいい？」

「うん、いいよ。学校の仕事？」

子どもに話すにはちょっと早いと思ったが、いいきっかけかもしれない。いずれ、話す時が必ず訪れる。

「パパの友達の話をまとめている。」

「7月に、家に来た人でしょ？」

「そうだったな。先月来たっけな。そういえば、すごく気に入られていたよな。」

「うん、一緒に折り紙した。」

「折り紙が折れるなんて、パパ知らなかったぞ。」

「幼稚園で習った。先生はもっとすごいの作るよ。でも、あの人が持ってきてくれたプリン、美味しかったね。また、来てくれないかな。」

「そうだな。」

昼ごはんに焼きそばを食べて、約束の公園でのキャッチボールに付き合う。ボールは柔らかいスポンジのボールで、グローブも使わないし、まだまだ遠くに投げることも出来ない。軽く投げても一度でキャッチ出来ないから、厳密にはキャッチボールじゃないけど、一応キャッチボールと呼んでいる。15分もすると飽きてきて小さな滑り台の方へ行こうと言い出す。

滑り台や簡単なアスレチックのような遊具があるところには、年の近い子どもたちも数人遊んでいるから、大人は見守るしかない。

それから、20分もするとのどが渇いたと言うので、水筒を取り出して渡す。水筒の水を飲み、少し疲れたというから、家に帰ることがいつものパターンだ。家に帰る途中に眠ってしまい、抱えて帰ることになる。

今日は休みだから、家に帰ったら一緒に昼寝でもしよう。


大聖堂の中は夏だというのにひんやりとしていた。五人ほどの子どもが、何か話をしてというので、やっとまとめあがった友人の話をした。

子どもの一人が、

「すごいね。特別に強いんだね。」と言った。

すかさず、

「普通の人だよ、特別なんかじゃなかった。」と、ほかの子どもが言った。

「会ったこともないくせに。」と、みんながその子を責める。

「みんな、実は会ったことがあるかもしれないよ。」と宥めに入る。

小学生くらいの年の子どもが、

「願いの海ってどこにあるの。」と聞いた。

「強く必要な願いがある人のところに現れて、願いを叶えると云われている願いの海。でも、場所はいつも変わるから、行こうと思ってもなかなか辿りつけないところ、と云われている。」と答えた。

子どもたちが、

「あっ、誰か来た。」と言った。

子どもたちの見ている方向からじいちゃんがゆっくりと近づいてきて言った。

「まとめてくれて、助かったよ。頼んでよかった。」

「じいちゃんからの依頼じゃ無下に断れないよ。時間があるときに、少しずつしたから大丈夫。それから、あいつにこれを返してもらったよ。もう少し頼むのが遅かったら、折り紙にされていたかもしれないけど。」

「ありがとう。やっと戻ってきたか。これを見るのも久しぶりだ。こんなにも分厚かったんだな。それはそうと、あいつも親ばからしい。子どもにべったりだと。」

笑った、お腹が痛くなるほど笑ってしまった。子どもたちが心配そうに顔を覗き込むほどに笑った。

そう、決して特別じゃない。一番の実力者と言われているが、彼も普通の人間なのだ。

完

桜のお守り

一・美しい人

大学からの帰り道、

「卒業した後も、沖縄？」と友達に聞かれ、

「うん。沖縄。」と答えた。それを聞いて、友達は心配そうに「大丈夫？」と聞いた。私が、「大丈夫。」と言うと、それ以上は何も言わなかった。

「じゃあ、また明日ね。」

「うん、また明日。気を付けて。」


自宅の門のところで、とても美しい人に声をかけられた。

「ありがとう。よろしくお願いします。」

本当に美しい人だった。女優さん、お妃様、そんな言葉が似合う風貌だった。

僅かな風が吹き抜け、その人の髪が揺れた。

私は、

「はい。」と、笑顔で答えた。

その人は本当に本当だよといった様子で名残惜しそうに行ってしまった。

さて、よろしくお願いをされた。その人から感じ取ったビジョンは、木彫りの桜のお守りと桜、公園、英一郎という名前。英一郎という人は、その女性の大事な人なのだろう。引き受けたからには、英一郎さんを探して、とても美しい人があなたによろしく伝えてくださいと言っていましたと知らせなければ。

まずは、手掛かりの一つ桜のお守りをインターネットやSNSで探してみたが、ピンとくるものは見つからなかった。

作ってみよう。手芸店と文具屋で、木片と彫刻刀を購入し、会ったその人のイメージを思い出しつつ、桜の花の図柄を彫っていった。制作期間は1か月ほど。図工や美術は得意でもなんでもなかったので、時間はかかるし、削りすぎることが多く、だんだんと薄くはなっているが、そこは仕方がない。職人でもないし、その道のプロでもない。

出来上がったいびつな木彫りの桜のお守りをSNSで遂にお披露目した。大々的にお披露目をしたかったけれど、嫌な反応を目にしたくないから、手作りとも明かさずどこにでもあるペンケースと一緒に何気なく上げた。

それから2か月、少しは期待もしたが、全く反応がなかった。

上手くはないとの自覚はあるが、ずっとバッグに付けていることで愛着だけは湧いていた。

しばらくすると、私宛に手紙が届いた。差出人は、度会礼と書いてある。全く知らない人からだった。和紙のような西洋式の白い封筒で、結婚式のお誘いかとな思った。不審に思いながらも開封すると、とても丁寧な字で書いてあった。

浦瀬　正子　様

突然のお手紙、失礼します。とても怪しいと思われると思うのですが、あなたにどうしても会って話をしなければなりません。信じてもらえないかもしれませんが怪しい者ではありません。

桜のお守りと公園に関することです。もし、可能ならば、電話番号を書いていますので、お電話かお手紙をいただきたいです。

度会　礼

人生で初めて、知らない人にお手紙をもらった。でも今、注目すべきは手紙の内容だ。桜のお守りと公園と書いてある。桜のお守りだけなら、どこかで私が持ち歩いているのを見たか、ＳＮＳで珍しくそちらに注目してくれたかだけど、公園と書いてあるからにはあの綺麗な女性に関係することで間違いない。

連絡した方がいいはずだけれど、手紙の差出人は知らない人だから連絡を先延ばしにしてしまい、何もしないまま10日が過ぎていた。

さすがに無視するのは失礼かと思い、あまり期待はせずに母に尋ねた。

「北海道に住んでいる度会さんって知ってる？」

「渡会さん？　あ、えっとね、お父さんが年賀状を毎年出している渡会さん？　確か札幌の人だったと思うけど、その渡会さんなら知ってるよ。お父さんの若いころの知り合いの人で恩人だって言ってた。」と母が言うので、返事を書くことにした。

度会　礼　様

こんにちは。

お手紙ありがとうございます。桜のお守りと公園は、思い当たるところがあります。

先日、とてもとても美しい女性に会い、その人に、「よろしくお願いします。」と言われました。その人が去った後、明確に感じ取ったのが桜のお守りと桜、公園、英一郎さんというお名前だったのです。おそらく、私が会ったその女性と関係があると思うのです。

私も会って、話がしたいです。いつなら、ご都合がいいですか？

浦瀬　正子

五日後に返事が届いた。

浦瀬　正子　様

お返事ありがとう。

あなたが会ったのは、僕のおばあちゃんです。そして、僕があなたに会って話したいのも、そのおばあちゃんにも関係があります。

僕の方から会いに行きます。あなたは、僕たち家族にとってとてもご縁がある人なのです。

早めにお話がしたいので、今月か来月で都合のいい日時を教えてください。

度会　礼

今度はすぐに、返事を書いた。

度会　礼　様

大体日曜日は空いています。

例えばですが、再来週の日曜日10月15日でしたら、一日時間があります。

私の家は交通の便が悪い所にあります。どこまでか出てきた方がよければ、場所と時間を指定してください。長旅ですので、時間もそちらの都合を優先させてください。私が空港まで行ってもいいです。

浦瀬　正子

また、5日後返事が届いた。

浦瀬　正子　様

ありがとう。旅は慣れているので大丈夫です。実は僕、待ち合わせが苦手なんです。時間どおりに着けるかと途中で心配になっちゃうから。
当日は、レンタカーを借りるつもりです。近くのファミレスとかでお話ししましょう。
10月15日の12時ごろ、ご自宅にお伺いします。

度会　礼

よくよく考えれば、日本の一番遠い都道府県から何を話しに来るのだろう。電話で済んだ話だったら、申し訳ない。

そうこうしているうちに、再来週の日曜日は、すぐに来た。家族は全員其々の用事で止める間もなく出かけてしまった。もし、本当は手の込んだ新手の強盗や詐欺師だったら、私一人で迎え退治するしかない。絶対に、生きて無事に明日を迎えてやる。

12時ぴったりに、インターフォンが鳴りモニターで、知らない人なのを確認した。今日の場合は、知らない人というので正解なのだ。

玄関のドアを開けて、そこに立っていたのは、若く爽やかで、明るくどこでもモテそうな青年だった。その人は、

「こんにちは。度会です。でも、礼じゃないんです。兄の礼が急な仕事で来られなくなって、弟の僕が急遽代理で来ました。耀といいます。よろしくお願いします。僕も運転はするのでレンタカーできました。来る途中に、ショッピングセンターがあったので、そこでお話ししませんか？　出かける前に準備があれば、外で待っていますのでどうぞ。」とセリフを一気に吐き出すかのように言った。

「準備は大丈夫です。すぐに出れますが、鞄を持ってきますので少し待っていてください。」と言って、いつも使っている小さなバッグを持って、靴をはいた。外では、

「どうぞ、レンタカーですけど。」と助手席のドアを開けて待っててくれている。何となくぎこちないところは、きっと手順ごと教えられそれを忠実に実行しているように感じた。

「ありがとう。」と言って、車の助手席に乗り込んだ。

彼は、運転席に座り、ナビを操作し、おススメのショッピングセンターを目的地にセッ

トした。行ったことはあるけど、普段はめったに行かない。行くとしたらもっと近場の食堂でもいいよと思ったりするが、贅沢は言わない。折角遠方から急な代理で来て、探してくれたところなのだ。

「お腹はすいていますか。」と彼は聞いた。

「あ、はい。すいています。」と私は答えた。

ショッピングセンターの大きな駐車場に車を止め、中に入った。

「沖縄はずっと来たかったんです。北海道と違って、暖かいじゃないですか。」といったので、私は、

「暖かいというより、夏はものすごく暑いです。」と答えた。

「何を食べます？」と私が尋ねると、

「僕が選んでいいんですか？」と目を輝かせて尋ねるので、

「どうぞ。」と答えた。

彼は、食べたいものが最初から決まっていたようで、迷うことなくステーキの看板が派手にかかっている店を指差し、

「朝早くほんの少しパンをかじって家を出た以後、食べる機会を悉く逃して、何も食べれていないんです。だから、ステーキが食べたいんですけど、どうですか？」と聞くので、

「いいですよ。」と答え、お店の方に歩みを速めた。

店は、時間が少しピークからずれているせいか待たずにすぐにテーブルに案内された。

彼は量が多めで私は普通の、標準的なステーキのセットを頼んだ。

持ってこられたコップの水を見ていると、

「えっと、今僕大学2年生なんです。ずっと沖縄に来たかったのに、この年まで来ることがなく、今回まさか来れると思ってないのに来られてすごくラッキーでした。」と嬉しそうにしている。

「念願の沖縄に来れてよかったね。私は大学3年生。大学までは遠いの？」と、自分の方が先輩だと分かって、少し緊張がほぐれた。

「いえ、バスで30分くらいです。」と彼は答えた。

間もなくステーキが運ばれてきて、彼はその大きさにとても満足した様子だった。

「美味しそう。食べましょうか。」と彼は言って、夢中で食べ始めどんどん笑顔になっていく。

よかった、ものすごく楽しそう。話は聞けないかもしれないけど、ずっと沖縄に来たかった人が思いがけず来ることが出来て、こうなるのも仕方がないと私は自分に言い聞かせた。だんだん私も自然と楽しくなって、一緒に夢中になって食べていた。

「美味しかったー。あ、でも話をするのを忘れてた。食べながら説明したらとか言われてたのに。」と悔しそうに彼が言ったので、

「誰に仕込まれて来たの？」と私が聞くと、

「母から。兄と違って気が利かなくて心配だからと言って、シミュレーションまでさせら

れたんだよ。」とうんざりした様子で言ってきたので、

「自然体でいいよ。念願の沖縄だもんね、話はまたする機会がきっとあるよ。」と私は優しく慰めた。

「うん、ごめん。じゃあ、お言葉に甘えて。あとで連絡先を聞いてもいい？　多分、しばらくはこの感情は収まらない。」と言うので、笑いながら、

「いいよ。」と答えた。

私たちはお会計を済ませ店を出た。車に戻ると、連絡先の交換をして安心したのか、

「水族館に行っていい？」と聞いたので、

「うん、いいよ。」と答えた。彼は、

「やった。ほんとに？」と言って、私の返事も待たず、ナビで目的地をセットした。弟がいたらこんな感じなのかなと微笑ましくなった。

水族館は、もう5回くらいは行っている。誰か来るたびに、連れて行かされる。でも、今回はいつもと違って少し楽しみな気がした。

其々の水槽を熱心に覗き、感心していた。時々、こちらに笑顔を見せてくる。魚よりも十分に可愛かった。

「すごかった。やっぱりすごい。」とはしゃいでいた。車に戻ると、

「何か飲みに行く？」と行って、ナビをトロピカルジュースの店に目的地をセットした。

観光の下調べはしっかりしてきたようだ。

「この後、少しドライブしながら家まで送るね。」といった。

車に乗り込むと、

「えっと、話というのが、知り合いの占い師さんによると、あなたの家族と僕の家族は交互に命を助け合ってきたって。代々らしいのだけど、証明されているのがひいおばあちゃんの代から。それは僕のおばあちゃんから聞いているんだ。それで、あなたに危機が迫っているとしたら僕たちはあなたを守らなければならない。だから、何か恐ろしいことや身の危険にさらされそうになったら、一切の遠慮をなしに、僕か兄にすぐに連絡をするようにして。運命共同体と思ってもらっていいから。」と言った。

「え？」と言った。初対面の人に、急に運命共同体だと思っていいからと言われても、なかなかそうは思えない。ただ、嘘をついているようにも見えないし、嫌だと拒否するほどの拒絶感のある話でもない。

「うん、分かった。」と答えておいた。

「よかった。」と言って、海岸沿いにあるトロピカルジュースのお店でジュースを飲んで、家まで送ってくれた。

「今日はありがとう。小さな変化でもあったら勘違いでも何でもいいから、絶対に連絡してね。」と言ったので、

「こちらこそ、ありがとう。」と返した。

「桜のお守り、ちょっとおばあちゃんのと違うけどだいぶ似てる。良く出来てる。」と言って帰ってしまった。

それから、3週間後、お兄さんの礼さんからメールが届いた。

浦瀬　正子　様

メールでは初めましてですね。アドレスは弟に聞きました。びっくりさせちゃったらごめんね。先日は弟がお世話になりました。弟の言ったことは本当です。会社に無理かもしれないと思いつつ沖縄に異動願を出していたのですが、もう来月には沖縄支社での勤務が決まりました。アパートが決まったらまた連絡します。

度会　礼

10月に弟の耀さんと連絡先を交換したとき、お兄さんのメールアドレスも聞いていたので、返信をした。

度会　礼　様

メールを頂きありがとうございます、ご連絡をお待ちしています。

浦瀬　正子

そして、３週間後連絡が来た。

浦瀬　正子　様

アパートが決まりました。12月からそこに住みます。また、12月に落ち着いて、家にお伺いしますね。

度会　礼

12月に入って、また連絡があった。

浦瀬　正子　様

12月10日の日曜日の10時ごろに家にお伺いしたいと思っていますが、ご都合はいかがですか？　都合が悪ければ、時間を変えるかほかの日にしたいと思います。

度会　礼

度会　礼　様

12月10日は終日空いています。では10時にお待ちしております。

浦瀬　正子

二、由縁

12月10日の10時に、インターフォンがなった。今日も家族は出かけている。ドアを開けて、

「こんにちは。」と言った。

「こんにちは。度会礼です。よかったら、これをどうぞ。北海道のお店の焼き菓子の詰め合わせです。常温で大丈夫です。」と、おしゃれで高そうな箱をくれた。

「え、こんな高そうなものをいいんですか？」と聞くと、

「はい。実家の近所の美味しいと評判のお店のお菓子です。是非食べてみてください。」

「ありがとうございます。」と、嬉しさのあまりつい声が弾んでしまった。

「よかった。外で待っていますので、準備が出来たら出てきてください。時間はかかっても大丈夫ですよ。」

「分かりました。少し、待っててください。」と言って、バッグを持ち外に出た。

車に乗ると、10月に来れなかったことを詫び、弟が我儘を言って迷惑をかけなかったか聞いてきた。

「弟さんとは、観光もしました。ステーキを食べて、水族館に行って、ジュースもごちそ

うになりました。楽しかったですよ。」と言った。

「正子さんは本当に優しいんだね。弟は家に帰ってきた後、家族みんなに沖縄で撮った写真を見せながらすごくはしゃいでいて、その後母にしっかり怒られていた。沖縄でのはしゃぎようが目に浮かぶようだった。」と申し訳なさそうに言った。

「大丈夫です。」と笑いながら言った。

「アパートの近くに落ち着いた公園があるので、そこに行ってもいい？」というので、

「はい。」と答えた。


車は、公園に向かった。

「ここ最近、何か怖い目に遭ったとかはない？　知り合いの占い師に僕のおばあちゃんがあなたに危機が迫っていると言われて。今僕が存在しているのはあなたのご先祖様がいらしたから。そして、正子さん家族も僕たち家族が影響している。

本当に、何か身の回りで異変などはない？　どんな些細なことでもいいんだけど。」と聞いてきた。

「言ったら迷惑になります。それに、私の勘違いかもしれないし。」と答えた。

「何でもいいから言って。言ってもらえない方が困る。そんなに信用出来ない？」と言ったので、

「分かりました。でも、今はちょっと言いたくないので、今度でもいいですか？　それよ

り、あなたのおばあさまや桜のお守りのことを聞きたいです。」と言った。礼さんは、「うん、分かった。でも、少々話が込み入っているので公園に着いてからでもいい？」と尋ねたので、

「はい、大丈夫です。」と答えた。

それから20分ほど車で行ったところで、礼さんは、白いアパートを指差しここの5階に住んでると言った。そのアパートの駐車場に車を止め、

「家で何か飲み物でも飲んでいく？」と聞いたので、

「はい。」と答えた。エレベーターで5階に上がって、左に曲がり三つ目のドアの前で、鍵を開けて、どうぞとドアを開けてくれた。おじゃましますと言って中に入ると、物がほとんどなく殺風景に近い部屋だった。

「冷たいのしかないけど、お茶とウーロン茶とコーヒーは何がいい？」と聞かれたので、お茶をくださいと答えた。

「リビングの椅子に座ってて。」と言われ、リビングの食卓の椅子に座った。

私用にお茶と自分用にコーヒーを持ってきて、後でここの住所をメールで送るねと言った。

「いただきます。」と言ってお茶をいただき、それがとても美味しいことに驚いた。つい顔に出たのか、

「喉が渇いていたんだね。」と言われた。お代わりを持ってきてくれて、

「おばあちゃんの写真を見る？」と聞くので、私は頷き見たいですと答えた。

部屋の隅のところから、薄い小さなアルバムを持ってきて、このあいだおばあちゃんに送ってもらったのだから割と最近のだよと言い、食卓の上にそっと置いた。

「では、見ますね。」と言い、アルバムの中の写真を確認すると、正しくその人だった。

「この人だった？」と聞かれ、

「うん、この人だった。」と答えた。

「せっかくだから、公園で話そうと思った話、ちょっと長くなるけど僕のおばあちゃんの話をするね。

おばあちゃんは若いころに、一度死にかけたんだ。

ある日高校の帰りに、風邪で熱があって眩暈をおこし待っていた路面電車の線路に倒れ込んでしまった。路面電車が迫る中、歩道にいたあなたのおじいちゃんは、近づく車に頭を下げて止まってもらい、車道を走って渡り、間一髪のところでおばあちゃんを線路からホームへ移動させた。おばあちゃんの周りは誰もいなかったから、あなたのおじいちゃんがいなければ僕のおばあちゃんは路面電車に轢かれていた。

その後、病院におばあちゃんを連れていき、おばあちゃんが持っていた手帳からひいおばあちゃんに電話をして、病院名を伝えその場から立ち去った。

おばあちゃんはお礼も言えなかったとずっと悔やんでいた。その時の恩を忘れないため

に、助けられた後病室からぼーっと見た桜の景色を木彫りにして身に着けている。

その後出会った英一郎おじいちゃんにもそのことを話し、恩人を探そうとしたけれど、ずっと見つからなかった。

ところが最近友達になった趣味で占いをしている人が蓉子さんというんだけど、その蓉子さんにこの話をしたら、代々交互に助け合っている家系の人だから、息子さんが助けたことがある人の家系で間違いないと、と言われた。

そこで、僕の父に助けた人はいないかと尋ねたところ、あなたのお父さんの名前があがった。あなたのお父さんは人がめったに通らない山道で交通事故にあって、そこを偶々通りかかった僕の父に介抱され、父は救急車を呼んだ。あなたのお父さんは意識が朦朧としている中で恩人の名前とどこに住んでいるかを聞いていて、退院したのちそれを頼りに父を特定し、お礼をしにきた。

それで、おばあちゃんは長年探していた恩人があなたのおじいさんだと分かったんだ。

更に、蓉子さんは、恩人の孫であるあなたに危機が迫っていると言ったので、僕のおばあちゃんはあなたに会いに行った。あなたに変な人だと思われようがあなたの危機を伝えるために。

でも、ずっと探していた恩人の孫のあなたに会えたことで、どっと胸に押し寄せてくるものがあり、動揺していたのか、どうしても『ありがとう。よろしくお願いします。』しか口から出てこなかったと言っていた。

その言葉をいうつもりは全くなく、帰ってきてからも、とても悔やんでいたので、僕があなたに手紙を出すことになった。

それから、おばあちゃんはひいおばあちゃんに届いていた感謝のお手紙を見つけたそうで、そこには、息子が生まれ晶太郎と名付けたと書いてあった。晶太郎さんはあなたのおじいさんの名前だよね。

これが、僕が知っているほぼ全部です。今度は、あなたの周りで起きている異変について教えてもらえますか？」と聞かれた。

「私の勘違いだと思う。だから、これははっきりしてから言ってもいい？でも、考えたら変です。交互ならば、今度は私が礼さんの家系の人を助けることになりませんか？」と私が言うと、

「僕もそれは思ったので聞いたけど、上手くはぐらかされてしまった。でも今は、僕は正子さんが心配です。今無理には聞かないけれど、早めに話してください。勘違いでも全く構いません。それと、正子さんのお休みは何曜日ですか？」と礼さんが聞いた。

「土日は休みです。土曜日はバイトや学校の友達と遊ぶこともあるけど、日曜日は大体家でぼーっとしていることが多いです。」と答えた。

「じゃあ、誘うのは日曜日にするね。僕も日曜日は仕事が休みなので。それに、何度も言いますが曜日に限らず何かあったらすぐに連絡をください。

ところで、お昼に何か食べたいものがある？　特にないなら、近くに美味しい定食屋を

見つけたので、ちょっと量はどれも多いけどこれから、行ってみる？」

「はい。お腹が減っているし、この辺りはほとんど来たことがないので定食屋さん楽しみです。」と笑顔で言うと、

「歩いて5分くらいのところだから歩きだけどいい？」とコップを二つ流しに置きながら聞いた。

「いいですよ。少しお散歩もしたいし、公園も見たいです。」と言って、立ち上がった。


二人で、玄関を出て礼さんが鍵をかけた。

マンションやアパートが多いせいか、家の近所より随分と都会に感じた。礼さんの横を歩くと少し自分が大人になったような気がした。

ベージュ色のビルの1階にその定食屋さんはあった。入って、カウンター席が空いてると礼さんがいうので、私たちはカウンター席に座った。席のところにある豊富なメニューを見ていると、今日のおすすめは生姜焼き定食と酢豚定食、ご飯の大盛り無料だよと注文をとりにきた。

礼さんは生姜焼き定食で私は酢豚定食を注文した。料理が来ると、礼さんは生姜焼きを少し食べる？　と聞き、はいと言うと重ねてある取り皿を取って取り分けてくれた。私の酢豚も要る？　と尋ね、うんと言ったので同じように取り分け礼さんに渡した。お互いに、ありがとうと言うと、いただきますと言って食べ始めた。まずは、生姜焼きを食べた。美

味しい。次に、酢豚を。高級中華料理店の味がした。

「美味しい！」と私は礼さんについ言ってしまった。礼さんは、

「そうでしょ。ここの中華料理は高級店の味がする。正子さんが喜んでくれてよかった。」と言った。量はやはり多かったけれど、大満足だった。

「お腹いっぱい。ごちそうさまでした。」と私は言った。礼さんは、

「いいえ、どういたしまして。では、少し散歩をしながら公園に行こう。」と言った。少し遠回りをして公園へ行った。景色が新鮮で楽しかった。

公園に着くと、そこは多くの人で賑わっていた。其々でゆっくりと時間を過ごしている。礼さんが、

「今日は、ベンチも満員か。平日の夕方は人も少なくて静かだけど、今日は特別に賑わっている。ごめん、やっぱり僕の部屋で映画でも見る？　それとも、どこか行きたい場所とかある？」と言うので、行きたい場所はないし映画を見たいと言った。部屋に入り、これでいい？　と礼さんが選択した映画は、1年前くらいに大ヒットした感動作。私はまだ見たことがなかった。力強くうん！　と答えた。二人で、見ながら泣いた。涙が止まらなかった。見終わった後に、

「こんなに泣けるとは思わなかった。」と礼さんは言った。私はティッシュで鼻をかみながら、

「泣きすぎて頭が痛い。」と言った。

しばらく二人とも何も言わなかった。無音の時が流れた。ふと時計を見るといつの間にか夕方になっていた。

「もうこんな時間。」と私が言うと、

「家に送っていこうか。」と聞かれて、私は、

「うん。楽しかった、ありがとう。おじゃましました、」と言い、バッグを持った。家の前で、

「お互いに無事確認のメールは月水金。正子さんが日曜日暇で会えるなら会うということでどう？　緊急の時は勿論何時でもいいけど？」と礼さんが提案し、私も賛成した。

それから、1か月間何事もなく過ぎ、日曜日はショッピングセンターに行ったりビーチに行ったりした。2か月目の日曜日、礼さんが前の職場に送るからと一緒に土産屋に来ていた。

私は、礼さんとだいぶ離れて硝子の小物を見ていた。すると、後ろを通りすがりに言ったような、

「礼さんは、私のことが好きなの。あなたは邪魔よ。消えて。」と小さな声が聞こえた。振り向くと、同じ年くらいの綺麗な女性が恐ろしい表情で立っていた。恐怖と悲しさで、動けなかった。すると、異変に気付いて礼さんが来て、

「永戸さん、彼女に何の用？　会社でも言ったよね、永戸さんとは付き合えないって。これ以上付き纏うなら、会社と警察に言う。」と言った。永戸さんと呼ばれた女性は、礼さんのことを睨みつけ、

「私をふったことを一生後悔させてやる。そうね、ほかに私に見合うもっといい人はいっぱいいるし、今後一切の縁を切ってやるから。」と言い、土産屋を出て行ってしまった。

私は礼さんに、

「大丈夫？」と聞いた。礼さんは、

「大丈夫。そんなことはないと思うけど、正子さんに嫌がらせがあるかもしれない。」と言い、その時から無事確認のメールを毎日するということになった。

2か月目の最後の日曜日、私たちは商店街の端にいた。礼さんは、

「正子さんを怖がらせている人が分かった。ちょっと待ってて。」と言い、後ろの方から付いてきている、鋭い目をした男性の方へ歩いて行き、

「なぜ、彼女につき纏っているんですか？　もうずっと前から付き纏っていますよね？あなたは誰ですか？」と聞いた。

その男は黙っていたが、その手には小刀が握られていた。私は、走って近づこうとした。するど礼さんが、

「来ないで。小刀を持っている。」と言った。その声が聞こえたのか、商店街から人が出

てきた。その男は、呟くような声で、

「あの女、可愛くも美人でもないが金づるくらいにはなる。言い寄ればすぐについてくるような見かけだからだよ。」と捲し立て逃げて行った。

出てきた商店街の人に、お騒がせしました、と言い、礼さんに駆け寄って、

「大丈夫？」と聞いた。礼さんは、

「あんなに分かり易くずっとつけられていたのに全く言わないんだよね。僕じゃなくても誰でも気付いていたよ。」と言うので、

「だから、迷惑がかかるって言ったでしょ。結局、私ばっかり助けられてる。」と言った。


そして、その1週間後から礼さんからのメールが減り、日曜日のお誘いも仕事が忙しいからとお断りをされてしまった。なのに、偶に届くメールには必ず何かあったら弟の方にすぐ連絡するようにと書いてある。仕事がそんなに忙しくなったのだったらすぐにでも行って、買い物や少しなら料理も出来るから料理も作ってあげたい、でも礼さんが私のことを嫌になったのかもしれない。その可能性もあるから会いに行けなかった。

弟の耀さんに電話をし、ずっと私をつけていた人から助けてもらったこと、つけている人がいたのに私はずっとそのことを黙って言わなかったこと、最近連絡がほとんど無いことを伝え、嫌われたのかなと聞いた。耀さんは、声に全く元気がなかった。やっぱり私、

礼さんに嫌われたんだねと言うと、そんなことはない、でも困ったな、言えないんだ、言っちゃいけないって兄に強く言われてて。でも、嫌ってないから気を落とさないで。大丈夫だから。また絶対に会えるようになるからと言うので、私は、分かった、ありがとう、信じて待つねと言い、それでも全く気持ちは晴れず暗い気持ちのまま電話を切ろうとした。

すると耀さんが、

「今度の日曜日の13時、兄のアパートに来れる？　もし、来れたら絶対に来て。」と言って電話を切った。


次の日曜日、礼さんのアパートに向かった。エレベーターを降りて左に曲がると、礼さんの部屋のドアが開き、耀さんの声で、

「病院には、着替えとタオルと洗面器と歯ブラシと何だっけ？」と聞こえた。

「暇つぶしのための雑誌か本を買ってきて。あ、ついでに私たちの飲物も。」と答える声も聞こえた。

「分かった、買ってくる。」と言ってこちらに向かって歩いてきた耀さんと目が合った。

「あ、来てくれたんだ。久しぶり。今の話、もしかして聞こえてた？」と伏し目がちに私に尋ねた。

「誰か入院しているの？」と聞くと、

「兄が。後でお見舞いに行くけど、一緒に行くよね？　買い出しが終わったら行く予定。

買い出しも一緒に行く？　母さんと二人で待つんじゃ気まずいでしょ。」と言ったので、買い出しに付いていくことになった。


近くのコンビニで手際よく、カゴに商品を入れていく。

「正子さんも何か買う？」と聞かれたので、私はいいよと答えた。そして、

「今日、こっちに来たの？」と聞いた。

「そう、朝早い便で。少し前から兄は体調を崩していて、今日は元から来る予定だったんだけど、昨日病院を受診して昨日のうちに入院が決まったんだ。明日は、兄の会社の方に事情を説明しに行って、夕方に母は帰る。でも、僕は今春休み中だからもう少し残る。」

と、淡々とした口調で言った。

「うん。」と心の奥が締め付けられるような気持ちで、頷いた。


買い物を済ませ、アパートに戻って、耀さんが母親に私を紹介してくれた。

「この人が、おばあちゃんが探していた恩人の孫の浦瀬正子さん。兄ちゃんのお見舞いにサプライズでというのはどうかな？」と聞くと、いいんじゃないのとあっさりとした返事だった。

「こんにちは。礼と耀の母です。もうね、こんなことになるなんてびっくりだよね。風邪もあまりひかない人なんだけどね。心配かけちゃってごめんね。」と笑って言った。

「こちらこそ。もっと私が礼さんに信頼されていれば、看病も出来たのにごめんなさい。」と謝った。

「いいのよ。じゃあ、準備も出来たし、病院へ行こうか？」と言い、耀さんが運転をして病院に向かった。


受付で面会者受付を済ませ、病室の番号を聞いた。四人部屋の左奥のベッドだった。

耀さんに、サプライズだから僕の後ろに隠れて見えないように来て、と言われたので、丁度耀さんで隠れるようにしてベッドに近づいた。

「え？　いないね。」そう言ったのは、お母様だった。その時、入口の扉が開き、車いすに乗った礼さんが入ってこようとしていた。耀さんは、すぐに私の前に来て、礼さんから私を隠した。礼さんはずっと下を向いていたから、面会者に気が付いたのはだいぶ近づいてきてからだった。

「母さん、耀。面会に来てくれたんだ。ありがとう。入院することになってしまって本当にごめん。」と礼さんが言って車いすを降りてベッドに入ると、お母様が、

「着替え、洗面器、歯ブラシ、雑誌と本、持ってきたよ。父さんは、どうしても仕事で来られないからよろしく伝えてって。」と言った。そして、さっきここに来る途中に売店があったけど、何か買ってきてほしいものはない？　と聞き、礼さんが「じゃあ、アイス。」と答え、お母様が食べ物じゃなくてと言い、ならないと礼さんが言った。

「兄さん、父さんは来れなかったけどお客さんが来てる。サプライズで正子さんを連れてきた。」と言って、礼さんから私が見える位置に移動した。

礼さんは、とても驚いた様子で私を見て、

「来てくれたんだ、ありがとう。連絡しなくてごめん。すぐに治ると思ったし、心配かけたくなかった。」と言った。その後、礼さんが沖縄に来てからの話をし、耀さんは北海道での話をした。お母様はずっとそれを黙って聞いていた。1時間ほど話をして、

「礼、また明日面会に来るけど、荷物の整理がまだだから今日はアパートに戻る。」とお母様は立ち上がり病室を出て行った。耀さんが送って戻ってくると言って、立ち上がり、私も立ち上がると、正子さんはここに居ていいよと足早に立ち去ってしまった。

二人残されて何を話せばいいんだろうと考えていると、スースーと寝息が聞こえ礼さんは眠ってしまっていた。私は眠っている礼さんを見ていることしか出来なかった。

1時間後、

「ごめん。荷物の整理を手伝わされて、遅くなった。」と言って、耀さんが戻ってきた。

「いつから眠ってるの？」と耀さんが聞くので、

「二人が出て行ってすぐ。」と私は答えた。

「これは起きなさそうだ、すごく熟睡してる。」と耀さんは言い、

「今日は帰ろうか？　面会も長くならないようにって書いてあったから。」と言ったので、

私が頷き立ち上がり、名残惜しいけど桜のお守りをベッドの柵に結び置いて今日は帰ることにした。

三. 選択

車の中で、耀さんが切り出した。

「兄は長くないかもしれない。母と僕が病室を出たのは、担当の医師に呼ばれていたからだったんだ。先生が言うにはどんどん血圧が低くなっていってて、原因が特定出来ていないから何が起こってもおかしくないと言ってた。覚悟しておいた方がいいとも言われたよ。母は明日の帰りの飛行機をキャンセルして、父も明日こちらに来る。」と言った。

「え?」と言ったそのあとの言葉が続かなかった。

その時、私の携帯がなった。公衆電話? きっと礼さんだ。

「礼さん、何?」

「なんで分かったの? 超能力?」

「私にかけてくる人なんて礼さんしかいない。」と答えた。

「今日は来てくれてありがとう。本当に嬉しかった。正子さんの近くってすごく落ち着く。

昨日まではこのまま死ぬんだろうなって、眠るのが怖かった。でも、今日は安心して眠れた。僕が今年をちゃんと生き延びられたら僕の婚約者になって。」

「礼さんは死なないよ。」

「そうだね。僕もそう思う。」

「明日もお見舞いに行っていい？」

「うん、来てくれたら嬉しい。」


耀さんにそのまま家まで送ってもらい、礼さんは絶対に大丈夫だから気を落とさないでねと声をかけ、送ってくれたお礼を言った。

それからは毎日お見舞いに行った。私が行くと、なぜか礼さんは必ず眠ってしまい、ほとんど話も出来なかった。

3日後、耀さんからメールが届いた。

〝兄の血圧が正常値に戻って明後日までそれが続けば退院だって。奇跡だよね。医師が首を何度も傾げてた。〟

私はすぐに返信をした。

〝教えてくれてありがとう。よかった。礼さんが無事退院出来ますように。〟

丁度その時、とある公園の端の桜の木の前にその美しい人はいた。

英一郎さん、ここで私たちは出会ったよね。疲れ果てて辛そうにしていたから、これをあなたに預けると言って木彫りの桜を渡した。3日後、公園で私にそれを返した。「このお守りはよく効くね。しばらく仲たがいをしていた親友と仲直りをすることが出来た。互いに意地を張っていて、もう一生仲直りは出来ないと思っていた。でも、本当はとても仲直りがしたかったんだ。どうしても素直になれなかったのに、あなたに出会ってこのお守りを借りたら、話し合おうとすんなり言うことが出来た。本当に助かった、ありがとう。

珍しいお守りみたいだけど、ご利益を使ってしまったから新しい物を返そうと思う。どこで売っている?」と言った。私は、

「いいの。私があなたを助けたいと思って、助けることが出来たのだから。この木彫りの桜は、私のことも幸せにした。」と言った。

立派な調度品が揃う結婚式場の控室で、お母様は耀さんに、

「あなたが決めるんだって。」と笑って言った。

耀さんは、

「えー、この若さで両家に関わるそんな重大なことを決められないよ。」と二つの家系の人々とおばあちゃんの友人の蓉子さんに訴えている。

「死ぬまでに決めたらいいし、決めなくてもいい。だってこれは、両家の人を縛るもの

じゃないのよ。結局最後は個人の自由な意思なんだから。耀さんだけじゃなくて、みんなに決定権があるの。両家の縁が深くて、縁が実現しやすいと考えたら気持ちも楽かな？」と蓉子さんは耀さんに言った。

「うん、まぁそういうことなら分かった。」と耀さんは答えた。

「新郎新婦、式が始まる前にうろうろしていて大丈夫？　もうすぐ始まる時間でしょ。」と、礼さんのおばあさんは言った。礼さんが、

「じゃあ。」と言って蓉子さんに、

「今日は来てくださりありがとうございます。僕は占いなんて信じることは一生ないと思っています。でも、あなたは信じます。これからも、どうぞよろしくお願いします。」と言うと、蓉子さんは、

「なぜ正子さんがあなたを助けるだけの存在ではなかったのか、その答えがお分かりになったようですね？　どうぞお幸せに。」と言った。

礼さんは、

「はい。代々助け合う家系というのも、不思議で奇跡的な深い縁だと思います。でも、僕たちはそれと同じかもっと深い別の縁を選択しました。それは、運命の相手です。離れ離れで生きることは僕はもう耐えられないから一番近くで互いを助け、ずっとずっと幸せになります。」と言った。

礼さんのおばあさまが、正子さんは？　と聞くので、本心を人に伝えることが苦手な私が言えた。

「幸せは諦めていました。大好きな人に出会えたことが奇跡です。」

完

あとがき

最後までこの本を読んでくださり本当にありがとうございました。

この二つの物語は私が人生で初めて本にした物語です。

偶に空想に浸ることがありそれを本にしたいと思い、物語を書きました。

悲しいニュースを目にする度、世界中の人が、ほかからの支配、いじめ、嫌がらせを受けず、自分の自由な心で自分が信じ望む人生を生きてほしい、と強く思います。その願いを少しでも反映出来たらいいなと思いました。

書き始めてみると小説を書くことは想像以上に難しくその願いをきちんと反映出来たとは思えませんが、主人公たちが優しく思いやりをもって一生懸命に生きるところに投影できていればうれしいです。

物語の中のほんの一文でも、一文節でも、たとえ一瞬だとしても、誰かの心に残るとしたならばこんなに幸せなことはありません。

最後になりましたが、丁寧なアドバイスとご対応で本として出版してくださいました文芸社の方々、特に担当してくださった方々に心より感謝申し上げます。

著者プロフィール
鞠野 まゆ（まりの まゆ）
福岡県出身

天使の誓い／桜のお守り

2025年２月15日　初版第１刷発行

著　者　鞠野 まゆ
発行者　瓜谷 綱延
発行所　株式会社文芸社
〒160-0022　東京都新宿区新宿１－10－１
電話　03-5369-3060（代表）
03-5369-2299（販売）

印　刷　株式会社文芸社
製本所　株式会社MOTOMURA

ISBN978-4-286-26190-4